趣味性十足，一步一步激发孩子的
阅读兴趣，让孩子爱上阅读。

7 Days

《大角羊卡拉格》
7天打卡
阅读手账

中国妇女出版社

使用说明

1 养成阅读习惯，7天读完一本书

养成良好的阅读习惯可以让孩子受益终身。如何让孩子养成阅读习惯？阅读专家研究发现，坚持做到下面这些事情，可以帮助孩子养成阅读习惯，爱上阅读：

☑ 无论去哪里都带上一本书；

☑ 制订阅读计划，并坚持执行；

☑ 每天安排固定的阅读时间；

☑ 坚持做阅读笔记；

☑ 梳理阅读内容线索，绘制故事思维导图。

本套丛书通过“7天读完一本书”的任务设置，引导孩子学会制订阅读计划，完成任务打卡，在每日的坚持中爱上阅读。

2 养成做阅读笔记的习惯，阅读后有思考

在7天的阅读任务卡中，可以摘抄书中的好词好句，还可以记录下自己的思考。

3 为书中的故事绘制思维导图

思维导图是一种很好的图形工具。清晰可见的图示可以帮助孩子记重点、整理思路等，训练孩子的思维能力、阅读能力和语言表达能力。小读者们可以在读完一本书后确定一个主题，为书中的故事绘制思维导图。

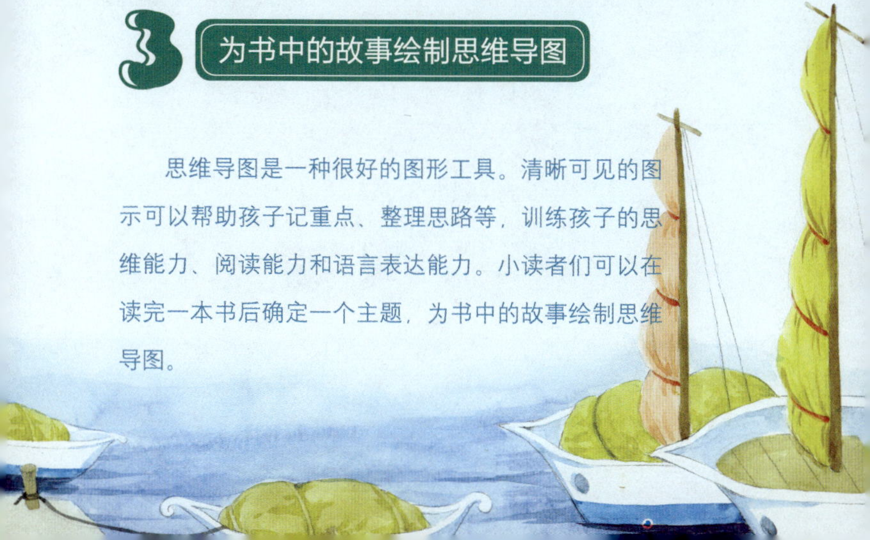

阅读记录

大角羊卡拉格

读完后请签字：________________

松鼠旗尾巴传

读完后请签字：________________

真实的狼孩故事

读完后请签字：________________

第 天 月 日

阅读心得： 阅读页码

好词好句摘抄：

第　天　月　日

阅读心得：　　阅读页码

好词好句摘抄：

第　天　月　日

阅读心得：　　阅读页码

好词好句摘抄：

第　天　月　日

阅读心得：　　阅读页码

好词好句摘抄：

第 天 月 日

阅读心得：

阅读页码

好词好句摘抄：

第 天 月 日

阅读心得： 阅读页码

好词好句摘抄：

第　天　月　日

阅读心得：　　　　　　阅读页码

好词好句摘抄：

阅读完这本书，你有什么收获？

请选取其中一个故事，根据故事情节发展，练习绘制思维导图。

绘制思维导图的方法

第一步： 在纸张的正中间画出中心主题。

第二步： 画分支。一般来说，我们从右上角开始绘制第一个分支，沿着顺时针方向不断添加思维分支。同时，也可以在分支上加上图片，使得图表更加形象生动。

第三步： 沿着主分支不断添加子分支。同一个分支可以使用相同的颜色。

打卡阅读，7天读完一本书，

培养孩子一生受益的阅读习惯。